冬天的河流

邵建华◎著

远方出版社

·呼和浩特·

图书在版编目（ＣＩＰ）数据

冬天的河流 / 邵建华著. -- 呼和浩特：远方出版社，2025.1. -- ISBN 978-7-5555-2111-2

Ⅰ．I227

中国国家版本馆CIP数据核字第2024CU8265号

冬天的河流
DONGTIAN DE HELIU

著　　者	邵建华
责任编辑	奥丽雅
装帧设计	青年作家网
出版发行	远方出版社
社　　址	呼和浩特市乌兰察布东路666号　邮编 010010
电　　话	（0471）2236473总编室　2236460发行部
经　　销	新华书店
印　　刷	永清县晔盛亚胶印有限公司
开　　本	880毫米×1230毫米　1/32
字　　数	150千
印　　张	7.5
版　　次	2025年1月第1版
印　　次	2025年1月第1次印刷
标准书号	ISBN 978-7-5555-2111-2
定　　价	58.00元

如发现印装质量问题，请与出版社联系调换

序

从《春天的码头》到《夏天的指纹》《秋天的请柬》，再到这部《冬天的河流》，我的"岁月四部曲"终于落下了帷幕。

我一直是岁月的一部分，从春到夏，从秋到冬，跟着岁月的步伐，没有错过一个黎明、一个黄昏，没有错过一场雨、一阵风。春天浪漫而纯真，夏天喧嚣而繁华，秋天充实而沉静，冬天坦然而从容，每个季节有每个季节的气质，这四部作品就像四个季节的孩子，代表了我不同的创作时期。我试着用季节来表达我的状态、想法，终究是笔力不够，或言不由衷，或词不达意，甚至南辕北辙。

我一直认为，诗人应当是个普通人，他的作品应当让普通人看懂。如果曲高和寡，把自我封闭起来；如果自以为站在高处，俯瞰着众人；如果故弄玄虚，让人不知所云，却沾沾自喜，那么诗歌的路，就会越走越窄。古往今来，那些经典经久不衰的一个主要原因是人们能看懂。好的作品只有人们看懂了，才能流传下去。让人看懂，这个门槛看似很低，对我而言，却可能需要毕生之力。

看似寻常最奇崛，成似容易却艰辛。天下难事，必作于易，我没有什么天赋，还是从简单的开始吧。

是为序。

作者邵建华

目 录

第一辑　所有的重生，都在沉默之中

门　槛 …………………………………………… 2
时间收割了一茬茬的人 ………………………… 7
所有的重生，都在沉默之中 …………………… 8
我是永恒的祭品 ………………………………… 9
拥有石头般知冷知热的灵魂 ……………………11
在时间的夹缝里，我细如尘埃 …………………13
在拥挤和嘈杂的地方安放自己 …………………15
我经历过的，黑夜都经历过 ……………………16
风总是投其所好 …………………………………17
没有一条路通向过去 ……………………………18
人生的每一天都是黄昏 …………………………19
每个人的心中都有座庙 …………………………20
以自己的方式成全自己 …………………………21
为万物重新命名 …………………………………22
伞下却依旧下着雨 ………………………………23
唯一能主动做的事 ………………………………24
我是世界的一滴泪水 ……………………………25
我和它们的缘分太浅 ……………………………26

不赶时间的生活 ·············· 27
从地里长出来的都是生命 ·············· 29
过去带来的一切，都是现在的果实 ·············· 30
筹　码 ·············· 32
渴望那个主角，在喧嚣声中登场 ·············· 34
等待这堆沙子将我同化 ·············· 35
在自然面前，每个人都是虚伪的 ·············· 36
在草的世界，花只是陪衬 ·············· 37
在时间面前，我是个乞丐 ·············· 38
坐在路边的石头上 ·············· 39
孤独是我脚上的鞋 ·············· 41
平衡眼前与身后，平衡生与死 ·············· 43
上午假设，下午求证 ·············· 44
没有界限，我的世界何以确认 ·············· 45
在阳光下守着阳光 ·············· 46

第二辑　每个季节都有我的故事

像钉子一样钉在它们中间 ·············· 50
摆下荒芜的盛宴 ·············· 52
成不了树上的一颗果子 ·············· 53
时间的房子 ·············· 54

好久不见 …… 55
每个季节都有我的故事 …… 56
秋天的气质 …… 58
蝉　语 …… 59
我是唯一的目击者 …… 60
在时光的夹缝中穿行 …… 61
收复故土 …… 62
模仿秋天 …… 63
我在走向秋天的路上 …… 64
荒漠是春天的留白 …… 65
每个生命都有自己的颜色 …… 66
一片摇摇欲坠的树叶 …… 67
没有生死，只有黑白 …… 68
过去的故事 …… 69
灰喜鹊 …… 70
大地是雨的坟场 …… 71
机　会 …… 72
秋天的归途不是河 …… 73
我是个局外人 …… 74
在那些情节里，不再有我 …… 75
左拐或者右拐，都不是我的选择 …… 76
深秋的风 …… 77

在黑夜里融为一体 ·················· 78
最后还是要做回自己 ················ 79
有风吹过 ························ 80

第三辑　它们也在等着，随时替代我

如果自己不在现场 ·················· 88
每个生命都在热烈地生长 ············· 89
开始是什么，结果就是什么 ··········· 90
它们也在等着，随时替代我 ··········· 91
让世界更多地看见我 ················ 92
拾麦穗的孩子 ····················· 94
给未来让路 ······················· 95
等着白天与黑夜交接 ················ 96
路过的风，侧身而过 ················ 97
曾经所有的遇见，都是结果 ··········· 98
我把自己遗忘在风里 ················ 100
日出有盼，日落有念 ················ 101
陌生的期待 ······················· 102
太阳已经落山 ····················· 103
年年逝去，又年年归来 ··············· 104
再普通的生活，也有许多可能 ········· 105

像野草一样，坐在田埂上…………………………106
走得越远，留给未来的就越少……………………107
一张站票……………………………………………108
岁月总在不停地过期………………………………110
等待寂寞、孤独、病痛和苍老……………………111
信仰的力量，让万物各归其位……………………112
演绎别人的故事……………………………………114
岁月给了我一小块地………………………………115
花是叶的一部分……………………………………116
等着发现或被发现…………………………………118
搬　家………………………………………………119
山外有山……………………………………………120
等待光明降临………………………………………121
今夜的一束微光……………………………………122
岁月的一个梦境……………………………………123
所有的美好，都是远道而来………………………124

第四辑　我在重复另一朵花

以我的名义…………………………………………128
天生笨拙……………………………………………129
不知不觉地失明……………………………………130

全在水起水落之间…………………………131

背道而驰……………………………………132

生命如花……………………………………133

外面的世界与我无关………………………134

我们仅仅拥有现在…………………………136

我一直是时间的一部分……………………137

无人认领的野果……………………………138

在别人的作品前停留………………………139

人生的下午…………………………………140

我的身体就是我的语言……………………141

风　　筝……………………………………142

在雨中出发…………………………………143

现在是过去的遗址…………………………144

我是一滴殷红的血…………………………145

在路边趔趄而行……………………………146

我在重复另一朵花…………………………147

凌晨三点半…………………………………148

一如我的过往………………………………149

生命不是孤独的旅程………………………150

世界和我的区别……………………………151

以自己喜欢的方式…………………………152

因我而来，因我而去………………………153

改变这个世界的力量……154
每滴水都是唯一……156
让黎明从黄昏开始……157
收割的底气……158
在不知不觉中，闯入别人的禁地……159

第五辑　世界终于听到了我的声音

锦衣归来……162
我是岁月的日历……163
家乡的那座老房子……164
坐在轮椅上的人……165
我不知道远方在哪里……166
每一片叶子就是每一个人……167
总有些花，只开在秋天……168
我是一片树叶，还是一缕风……169
世界终于听到了我的声音……170
我遇见的最后一人……172
变小的故乡……173
等着有人向我招手……175
过去是锚……176
母亲像一条坝，拦在河的中央……177

寻觅那把和自己匹配的钥匙……………179
故乡的油菜花………………………180
爹娘给的名字………………………181
关于生和死的对话…………………182
往日时光……………………………184

第六辑　因为有你，我始终有所期待

每个人都是颗种子…………………188
你的存在，是我的幻觉……………189
每个日子都熠熠生辉………………190
我也是一个宇宙……………………191
走得太远，天就黑了………………192
隐藏自己的丑陋、软弱和虚伪……194
我只去人少的地方…………………195
每个人都是一束光…………………196
另一个我……………………………198
黑暗是我唯一的依靠………………199
我不会两手空空……………………200
因为有你，我始终有所期待………201
最好的庇护…………………………203
知遇之恩……………………………205

目 录

酝酿一场雪……………………………………207
征　服………………………………………208
遇见一个人，托付所有……………………209
我一直都在路上，居无定所………………211
在彼此的仰望中找到自己…………………213
志同道合……………………………………215
种　子………………………………………216
这个世界，本来就是普通人的世界………217
找一个清净的地方，逐花而居……………218
调整镜头……………………………………219
你将会和它们一样…………………………220
路边的花不再是昨日的花…………………221
另一种方式…………………………………222
淋　雨………………………………………223
两个人的世界………………………………224

第一辑 所有的重生,都在沉默之中

门　槛

如果畅行无阻，谁会关注你的存在
如果没有门槛，谁又证明你曾来过
　　　　　　　　——题记

一
老一点的房子，几乎都有门槛
门槛，关乎尊卑，关乎祸福

二
记得小时候
家里的土坯房，是横木的门槛
后来修了砖瓦房，改成了青石门槛
我经常踩着门槛进进出出
没少挨大人的训斥
我也经常坐在门槛上
眼巴巴地等着母亲从田里回来

三
每个人都有自己的房子

我的房子是我的生命

迈进人生的第一道门槛，成人

迈出人生最后一道门槛，入土

这房子虽然四面透风

却能安放几十年光阴

坐在历史的门槛上

面对天空和大地

我经常扪心自问

贫穷、疾病、卑微、平凡

富有、健康、尊贵、伟大

是否一步之遥，就是天壤之别

是否迈错了脚，就会阴阳两隔

四

曾经，去过一些名人故居

我跟着人进，跟着人出

那些门槛被人踩得光滑透亮

屋里的展品却从不言语

离开以后，我才发现

那些时光，那些荣辱

在门槛里面，是属于名人的

在门槛外面，才是游人的

人们真正仰慕的,或许
不是那个人,只是他的名
只有门槛,才会认得它的主人

五
许多时候,我遇到的门槛
或是一座山、一条河、一段路
或是一阵风、一场雨、一片雪
或是一棵树、一棵草、一朵花
也许都不是
只是一次遇见、一场告别
只是一句祝福、一声叹息
只是一份承诺、一个背叛
我总是踉踉跄跄、慌里慌张
迈不过自己这道门槛

六
我总在一个地方遥望另一个地方
畅想未来,眺望远方
上学、工作、结婚、立业
跨越一道又一道门槛
走的路多了,也就习以为常

第一辑 所有的重生，都在沉默之中

每一道门槛，仿佛一级台阶
把我从少年、青年领进中年、老年
我摔过许多跤，终于明白
使我跌倒的不是门槛
而是我眼中喜欢的世界

七
有门槛的地方，人们总是如履平地
没有门槛的地方，人们总是举步维艰
门槛高的地方，人们总是如履薄冰
门槛低的地方，人们总是漫不经心
看得见的门槛，总会让人心生敬畏
看不见的门槛，总会让人无所顾忌
现在是一个门槛，联系着过去和未来
岁月不会停滞不前
或者走向更远的地方，或者走向归宿
门槛，是我的必经之地

八
黎明，是白昼的门槛
黄昏，是黑夜的门槛
有多少人，风雨兼程

5

依旧过不了这道坎
留在披星戴月的路上
从春到夏,从秋到冬
门槛,也是歇脚的地方
当我穿越冬天的河流
回到那个熟悉的地方
却再也见不到母亲
坐在门槛上等我

九
每道门槛都有自己的使命
高或低,宽或窄
不是区分里和外
而是联系两个世界、两种命运
我始终相信
有门槛的地方就有门
或通向天堂,或通向地狱
有门就值得期待

十
我知道,跨过这道门槛
过去的我就已消亡

时间收割了一茬茬的人

太阳升起的时刻,人们称之为黎明
太阳下山的时候,人们称之为傍晚
只是提醒自己,别忘了
日出而作,日落而息

花开的时候,它不知道是春天
叶落的时候,它不知道是秋天
所有关于时间的概念
都是人类自说自话

时间看不见、摸不着
人们总是想着把它们变成
麦子、稻子或者西瓜、苹果
在自己的意愿里开花结果

人们收获了一茬茬的农作物
时间收割了一茬茬的人

所有的重生，都在沉默之中

麦子在被收割的时候，没有发出声音
苹果在被采摘的时候，没有发出声音
一种生命状态被另一种生命状态代替
它们总是漫不经心

太阳从山的东边升起，从山的西边落下
树叶在春天生长，在秋天枯萎
从一个世界到另一个世界
它们总是于无声处

我站在桥上，前面是我的暮年
后面是我曾经的少年和青春
我分明看到自己苍老的影子坠入河里
却没有听到一丝水声

岁月川流不息
所有的重生，都在沉默之中

我是永恒的祭品

从这个路口到前面一个路口
中间有一段距离
不远,也不近
每天,我在中间行走

路的两旁
有一片片林子、一幢幢房子
有一座座山、一条条河
它们都在不知不觉中,一点点地消亡

许多路过的
白天的光明,夜晚的黑暗
一阵风或一场雨,一只鸟或一次遇见
也在不知不觉中,一点点地消亡

从这个路口到前面一个路口
从一个尽头到另一个尽头
中间有一段距离
这段距离就是永恒

冬天的河流

从早到晚,从生到死
我在永恒里穿行
在自己最熟悉的地方
成了永恒的祭品

拥有石头般知冷知热的灵魂

这块石头
阳光在上面坐过
月光在上面坐过
它们心有灵犀
总能融到一起

我曾经尝试着
像阳光、月光那样
若无其事地坐在那儿
只是时间越长
越觉得孤独,甚至苍凉

这块石头
孕育了亿万年,又存活了亿万年
吸收了日月光华
经历了沧海桑田
变得克制、宽容和柔弱
越来越不像一块石头

冬天的河流

我是这个世界的过客
这百年之躯,注定冥顽不化
不会拥有石头的那种经历和灵气
而我依然渴望
在我世俗的躯体里
拥有石头般知冷知热的灵魂

第一辑 所有的重生，都在沉默之中

在时间的夹缝里，我细如尘埃

在我之前有无限的时间
在我之后有无限的时间
在时间的夹缝里，我细如尘埃
却串起了过去和将来

一个人埋葬了他人之后
另一个人又把他埋葬了
茫茫人海，我微不足道
却连接了此岸和彼岸

我渴望活着，像那流水一样
每天都有新的遇见
我害怕死去，却身不由己
被风裹挟着，一路向前

生和死，每天都在发生
像呼吸一样，自然而平凡
像秋天的果实一样，自然而亲切
这个世界从来都是无动于衷

冬天的河流

聚财者尊重它的金钱
虚荣者尊重它的光环
而我尊重阳光
因为它,我才能被人看见

在拥挤和嘈杂的地方安放自己

我坐在水泥凳上
和身边的冬青一起
看着对面的商店人进人出
这些冬青,倾其一生
都不可能走进这些商店
它们习惯了在野外
陪着风,陪着雨
在别人的无视和自己的沉默里
送走每个黎明和晚霞
生长或枯萎,都那么从容
从不理会商店里的喧嚣或冷清
我总是耐不住寂寞
总想去看看,里面的世界
是否和我想象的一样繁华
天地虽大,人们啊
总是习惯在拥挤和嘈杂的地方
安放自己,安放未来

我经历过的,黑夜都经历过

我习惯了在夜里走路
就算没有一颗星星
也不会迷失方向
小时候,我总是摸着黑上学
也经常摸着黑,跟着母亲
从很远的田里走回家
上班以后,我依旧披星戴月
世上像我这样的人很多
我不期望命运特别照顾
每个人都有自己的路
或有人陪伴,或独自行走
都没有什么不同
我经历过的,黑夜都经历过

风总是投其所好

如果说,风有颜色
也与季节无关
遇到花,是红色
遇到叶,是绿色
遇到大海,是蓝色
遇到沙漠,是土黄色
遇到夜晚,是黑色
风总是投其所好
能读懂岁月的任何心思
我的思念也像风一样
你想去的所有地方
它都能如期而至

没有一条路通向过去

很多年前,这里只有一条路
一头往东,另一头朝西
路南的小院里,有一个照相馆
照相馆里有一个瘸腿的师傅
多年前,为了修路
拆除了这个院子,只留下五棵杨树
那些树成了这条路上独特的风景
后来,又是为了修路
那些树便不知去向
现在,这里的道路四通八达
通向人们渴望的每一个远方
我们修了无数条路
却没有一条路通向过去
只有那些发黄的照片
始终守在黑白相间的岁月里

人生的每一天都是黄昏

黄昏，是一天中最艰难的时刻
白天，告别最后的辉煌
夜晚，迎来崭新的开始
从光明的世界过渡到黑暗的世界
该有多少不舍、多大的勇气
自然的交替，总是那么默契
一切惊天动地都在无声处

人活一辈子，或长或短
从生的世界过渡到死的世界
我们要耗尽一生
我们不停地转换角色
从青丝到白发，毕生的努力
只是为了在生死交替时
像岁月一样，从容而有尊严

人生的每一天都是黄昏
一边死亡，一边重生

冬天的河流

每个人的心中都有座庙

或在深山古寺
燃一炷香，念一本经
或在茫茫人海
看万家灯火，品一壶茶
每个人的心中都有座庙
你长什么样
你供的佛就是什么样
世界总是残缺的
祸福相依，荣枯并存
大自然的修行
从来不是追求完美
而是万物和谐共生
像时间一样从容
不问所来，不问所往
接纳当下的一切
你眼前的一花一草
都是最好的风景

第一辑 所有的重生，都在沉默之中

以自己的方式成全自己

前面是时间
后面也是时间
我被夹在中间
只能亦步亦趋
跟着春天去看花
跟着夏天去听蝉
跟着秋天去赏月
跟着冬天去等雪
也曾想摆脱这样的依赖
自由支配自己的行程
以自己的方式成全自己
却总是无功而返
在时间的长河里
我只是一条鱼
顺流而下或逆流而上
都离不开这个世界

为万物重新命名

昨天去了,今天来了
山不再是以前的山
河也不再是以前的河
春天去了,夏天来了
树不再是以前的树
花也不再是以前的花
万物总在不停地变化
时间忙着为它们重新命名
我像一个爱热闹的孩子
跟着时间跑了一路
从少年一直到暮年
现在,我已无力前行
只能坐在一个僻静的土坡前
用枯枝一般的手指
在荒芜的大地上
一遍一遍地写着自己的名字

伞下却依旧下着雨

昨天,有人逝去

我去告别,鞠了三个躬

今天,有人病了

我去看望,说了几句安慰的话

天像一把巨大的伞

伞下却依旧下着雨

我们太渺小,许多时候

无法照顾自己

或许,像那些树叶一样

一起荣,一起枯

互相照应,互相陪伴

就是人生最大的慰藉

冬天的河流

唯一能主动做的事

在时间面前，我总是被动的
被动地等待黎明的到来
被动地等待草木的凋零
甚至被动地等待死亡
我起得再早，睡得再晚
也改变不了结局
不管我情不情愿
明天都会如期而至
曾经想过，去海边看日出
又恐暴露了自己的窘迫
我只有在夕阳里
养一盆花，或种一棵树
看一本书，或见一个人
喂养每一个单调、贫乏的日子
每一个日子丰满了，我也就丰满了
这是我唯一能主动做的事
当我离开时，不至于瘦骨嶙峋
能给大地留下一份养料

我是世界的一滴泪水

我的影子,朝生暮死
在白天,释放光明
在夜晚,藏起黑暗
我不诉说所谓的忧伤
这是无谓的抵抗
留在过去,留给未来
都是光与影的宿命
曾经的一线生机
曾经的风光无限
像那些花一样
自然地开放,自然地枯萎
每个黎明和黄昏,都虚位以待
因为热爱,我从不缺席
世界是我的影子
我是世界的一滴泪水

我和它们的缘分太浅

天已经黑了
再说白天的故事
总是不合时宜,或许
不明不白,才是最好的结局
秋天何时离开,我何时到达
天地辽阔,不会留下一丝痕迹
在黑暗中感知黑暗
在苍老中感知苍老
关于生,关于死
我所知道的,都是别人的故事
关于远方,我知道的
也是道听途说
或许,我和它们的缘分太浅
叶落的时候,花谢的时候
我没有驻足,也没有回首

不赶时间的生活

花静静地开着
水默默地流着
真是羡慕它们
过着不赶时间的生活
不像那些牛羊,天黑了要回家
不像那缕阳光,傍晚要落到西山

总在害怕失去
总以为走得越快
获得的也会越多,以至于
忘了时间,忘了年龄
忘了自己置身何处
甚至忘了为什么出发

放缓自己的脚步
寻一个无人认识的街角
一壶清茶,一本闲书
看阳光在脚边慢慢移动
看街上的行人来了又去、去了又来

冬天的河流

听听风声、雨声
或是自己呼吸、心跳的声音
该是多么奢侈

生命是一本书
所有的情节都在里面
有人读出了悲
有人读出了喜
慢下来,多准备几张书签
别急着翻到最后一页
换一种速度,或许
就能有不一样的人生

从地里长出来的都是生命

每个人的心里都有一片田野
有人种庄稼种瓜果
有人种花种草种树
我种下的则是孤独、寂寞、苍老和期待
让它们遇见春,遇见秋
经历风雨,见识世面
无论最后长成什么
我都会坦然接受
从地里长出来的都是生命
或是葱茏,或是枯萎
只要不是荒漠
总有蜂来,总有蝶来
我也不至于一无所有

过去带来的一切,都是现在的果实

阳光被山峰、房屋隔断
被树木和庄稼隔断
也被我的身体隔断
美好的事物并不能畅行无阻
到达任何地方

星光下面,灯火阑珊里
无论是白天留下的
还是夜晚形成的
都没有什么区别
那些与光明和谐相处的
与黑暗同样和谐相处着
所有的景色仿佛都与我无关

在阳光里,我是一束光
在黑暗中,我是一团阴影
时刻跟随着,转眼又被抛弃
过去带来的一切,都是现在的果实
我努力想融入这个世界

只是在别人眼里
我像是流浪者
或是逃亡者

筹 码

或早或晚，临街的商铺总是开着
或男或女，总有人守着
守着他们的生计，还有未来
只要门开着，总会有人光顾

街上，风吹着风
街的尽头是路，是更远的地方
那个地方与我无关
我把阳光踩在脚下

春天替代了冬天
白昼替代了黑夜
它们用什么做交换
让这个世界皆大欢喜

这个世界有无数的过去
也将有无数的未来
我拿什么去交易
来换取我的明天

过去已去,未来未来
我早已一贫如洗
仅有的一点期待
或许,是我全部的筹码

冬天的河流

渴望那个主角,在喧嚣声中登场

我早已习惯,在万籁俱寂时
独自坐在黑暗的角落
构思自己未来的生活
在什么时间,什么地方
遇见什么人,做什么事
怎样开始,怎样结束
生活从来不肯对号入座
总是按照自己的意志
波澜不惊,一直向前
我深陷在自己虚构的故事中
反复推敲着那些细节
佯装幸福、满足的样子
渴望那个主角,在喧嚣声中登场
月亮居高临下,如射灯一般
孤零零地照在我的头顶
偌大的剧场,没有一个观众

等待这堆沙子将我同化

一个孩子,在一堆沙子前
可以玩半天,这个时刻
这堆沙子,就是他喜欢的世界
我不以为然,他却兴高采烈
告诉我,这是高山
山的下面是城堡,这是大河
河的旁边是森林,这是花园
里面那颗最亮的石子,是太阳
仿佛就在不经意间
他创造了一个崭新的世界
此刻,我只想留在此刻
等待这堆沙子将我同化
成为新世界的一部分

在自然面前,每个人都是虚伪的

自然总是喜形于色
从来不会有一丝一毫隐瞒
每一阵风,每一场雨,都真真切切
每一束光明,每一缕黑暗,都堂堂正正
每一朵花开,每一片叶落,都从从容容
在自然面前,每个人都是虚伪的
从一出生、穿上衣服的那刻
一辈子的性格就已注定
人们习惯了伪装
哭或笑,喧嚣或沉默
像木偶一般,按着事先准备好的台词
我们这样,我们的祖辈也这样
千万年来,我们一直伪装成自然的样子
湮没在自然里,枯荣相随
人一辈子只有两次真诚
一次是出生,赤裸裸地来
一次是死亡,赤裸裸地去
其他的,都是逢场作戏
是为了不受伤害地走完一生

在草的世界,花只是陪衬

这里是狗尾草的天下
它们比其他所有的花还要多
比这个地方所有的人还要多
狗尾草看上去弱不禁风
成群结队在一起
却有着无穷的生机和力量
也有一些零星的花
在角落里寂寞地开着
显得低矮、沉闷、毫不起色
在草的世界,花只是陪衬
在光明的世界,太阳也不是主角
人们习惯把自己的命运
禁锢在所谓的身份里
不仅伤害了自己
也连累了这个世界

在时间面前,我是个乞丐

每天,在白昼和黑夜之间
我自由地来、自由地去
许多黎明,许多黄昏
我会犹豫、怯懦
依旧一意孤行,只是害怕
自己辜负了这份信任
我所拥有的一切
世界所拥有的一切
都是时间赐予的
在时间面前,我是个乞丐

坐在路边的石头上

有天空自然会有鸟
有江河自然会有鱼
叶子总会从枝头飘落
种子总会破土而出
芸芸众生,都有自己的位置

走过城市和乡村
走过草原和田野
甚至走过激流,走过深渊
去过的每一个地方
只是我暂时的栖身之处

这个世界很大
没有我的久留之地
未来变成现在,现在成为过去
我不断地得到,又不断地失去
像个局外人,坐在路边的石头上

或许,这才是人生常态

冬天的河流

　　一头是生，一头是死
　　一头是瞬间，一头是永恒
　　我在中间不停地奔波，只为寻找
　　那个适合自己的安身立命之所

孤独是我脚上的鞋

没有哪片树叶是孤独的
或高或低,或远或近
它们从不比较,也从不奢望
只是忘记自己,全身心地投入
努力成为这棵树的一部分

我总是希望与众不同
茫茫人海,却一意孤行
走自己喜欢的路,去自己喜欢的地方
从黎明到黄昏,从青春到暮年
一直不停地算计着这个世界

孤独是我脚上的鞋
只有低头,才能看得清楚
我的眼里却只有前方、远方
直到迈不动双腿,才发现脚上的鞋
和自己的命运一般,早已饱经风霜

光着脚来到这个世界

冬天的河流

　　又穿上鞋离开这个世界
　　或许，这就是人的本性
　　什么都想带走，就这样执着
　　不会把遗憾留给这个世界

平衡眼前与身后,平衡生与死

人生就是一座山
前辈子在上山,后辈子在下山
站在中年的山顶
过去一览无遗,未来一望而知
我们储备了充足的食物
却不能在山顶过冬
总有后来者不停地催促
我们必须给他们让道
上山时,我们耗尽气力
下山时,只有凭着惯性
平衡眼前与身后,平衡生与死
避免发生失足的悲剧
山一直都在脚下,我们穷尽一生
却带不走一颗石子
或早或晚,我们能爬过自己的山
却永远爬不出自己的深渊

上午假设,下午求证

一条河总会带走另一条河
一段时光总会带走另一段时光
一朵花开,一片叶落
与那些风、那些雨没有关系
有人带我来到这个世界
自然也会带我离开这个世界
我无须考虑生死这样的大事
我穷尽所有时间
上午假设,下午求证
寻找活着的意义,却始终没有答案
直到有一天,我在向亲人告别时
才真正意识到,人海茫茫
当我离开这个世界时
有人挽留,有人痛心,有人怀念
这就是人生的价值

没有界限，我的世界何以确认

在阳光下，我的世界很小
像一粒尘埃，没人能看见
在黑暗里，我的世界很大
像夜色一样无垠，没人能看清
从日出到月落，我一直在求证
平凡和精彩，荒凉和繁华
沉默和喧嚣，甚至生和死
谁是开始，谁又是结束
从花开到叶落，我一直在纠结
没有界限，我的世界何以确认
没有确认，我的人生何以收场
难道就这样不明不白地死去
或许，我永远无法得到答案
因为在我出现的时候
那些阳光、那些黑暗
总是与我绕道而行

冬天的河流

在阳光下守着阳光

曾经的我，以梦为马
眼里有星辰大海
心中是万里河山
身背行囊，逆风飞扬
现在的我，像一片叶子
在秋天的枝头摇摇欲坠
我学会了和其他人一样
下雨时，在屋檐下看雨
刮风时，在墙角处避风
在阳光下守着阳光
在黑暗里守着黑暗
不再做出格的事
我只是一滴水
或飞流直下，或随大江东去
只和兄弟们在一起
我已拆完了所有的锦囊
再也不能独自行走
只有仰仗人多的力量
才能走得长一点、远一点

我知道自己，坚持不到最后一刻
依然会背叛这个集体
选择一个人离开
回到普通人的行列
和我的祖辈们一起
守着这片沉默的土地

第二辑 每个季节都有我的故事

冬天的河流

像钉子一样钉在它们中间

时间总是天衣无缝
我要像黎明一样犀利
牢牢地钉在它们中间
让每一个白天或夜晚
从我开始,或从我结束

岁月总是天衣无缝
我要像草木一样顽强
牢牢地钉在它们中间
让每一个生命
从我开始生长,或从我开始枯萎

我的人生漏洞百出
悲掺着喜,阴和着晴
仿佛日益颓废的篱墙
再也找不到一个支点
能钉住我的过去和未来

我必须做一颗钉子

深深嵌在时间的墙上、岁月的墙上
和它们融为一体、生死相随
有了这样的信念和依靠
再短暂的人生，也会成为永恒

冬天的河流

摆下荒芜的盛宴

明天依旧是秋天
有些叶子会离开
有些人也会离开
我会留下来
那片林子也会留下来
秋天是我的驿站
我在这里休养生息
风过后，雨过后
大地收获一空
我会在依山傍水的地方
摆下荒芜的盛宴
恭候大雪光临

成不了树上的一颗果子

我可以爬到树上
却成不了树上的一颗果子
我可以潜到水里
却成不了水里的一条鱼

一时的兴致,或许
可以影响一辈子的命运
一辈子的坚守,或许
等不来一次擦肩而过

草长成草,花开出花
都不是它们自己的选择

时间的房子

这座房子
黎明路过,傍晚也路过
谁都不会在意,也不会停留

我住在这房子里
吃饭喝茶,睡觉做梦
走到哪,背着它到哪
像蜗牛一样爬行

我所得到的,都将失去
唯有时间不离不弃
有了这座房子
安放属于自己的时间
从此不再害怕,它被岁月偷走

好久不见

雨来了又走了
太阳升起了又落下了
那棵树依然在窗前守着
一天一天默默地长大
我总在事后才意识到,多少年来
一直没有和它们打过招呼
就像现在,树叶已经黄了
我却不知道它们何时绿的
我欠这个世界一份情意
必须为自己的自私和落寞道歉
我想好了,今年冬天第一场雪来临时
不管是在白天,还是在深夜
我一定会守在那个路口
迎接它,拥抱它
轻轻对它说,好久不见

冬天的河流

每个季节都有我的故事

走过春天
我看见那些花瓣
落在雨后的荒径
依旧保持着灿烂的容颜

走过夏天
我看见那些柳条
在河边翩翩起舞
任由流水默默地向前

走过秋天
我看见那些果实
纷纷离开曾经的家园
只留下那些叶子，苦等风来

走过冬天
我看见无边的旷野
在积雪中，被寂寞覆盖
补偿着前世的繁华

走过四季

仿佛走完了我的一生

每个季节都有我的故事

每个故事的结局都是我的结局

冬天的河流

秋天的气质

终于等到了秋天
我才有勇气开口
只是现在,我已习惯了沉默
和田里的稻穗一样
曾经,我像个农民
把汗水、心血和年华
一滴滴渗入土里
如今,一切都有了结果
我终于如释重负
地里能长出繁华,也能长出荒芜
岁月能长出青春,也能长出苍老
这样的季节,沉默是最好的告白
所愿或所不愿,只有在不言中
才显出从容、厚重和与众不同
或许,这才是秋天的气质

蝉 语

整个季节,不分早晚
我一刻不停地诉说着
我比所有人、所有树
都更在乎这个夏天
我倾尽一生发出的声音
似乎还是太低、太低
不如路过的一阵风、一场雨
这个夏天是我的全部
我不厌其烦地表白
或许是一个咒语
催眠了别人,也催眠了自己
最深的情只在沉默中
如阳光,如大地
无奈,我只是个过客

我是唯一的目击者

秋天的遗址
埋在冬天的风里
扒开厚厚的积雪
那一片片树叶
依旧发出金灿灿的光芒
它们当年,是怎样的奢华
它们的青春、爱情,还有渴望
又是怎样的不同凡响
所有的秘密,或许
春天来临的时候
自然会找到答案,或许
永远都无法考证,因为
我是唯一的目击者
如果我守口如瓶
这个世界就没人知道真相

在时光的夹缝中穿行

春天来了,如入无人之境
给每条山川、每片田野
还有每棵树、每棵花草
涂上自己喜欢的颜色
每一抹都恰到好处

也想学着春天的样子
自由支配自己的世界
却总是调不好颜色
一半是冬天般的淡
一半又是夏天般的浓

在时光的夹缝中穿行
我习惯了独来独往
或花开,或花落
寻找着属于自己的色彩

收复故土

秋天早已来到这里
我却不知如何表达
那时断时续的雨
那忽冷忽热的风
那若有若无的香
似悲似喜,我无法确定
哪是秋的本意,哪是我的情绪
秋天由北向南,不慌不忙
收复着每一寸故土
我像个游子,迷失在旷野
习惯了,无人问津
一个人来,也将一个人走
无须告别,也无须遇见
秋天之外,会有一片林子
等着安放我的过往

模仿秋天

秋天的傍晚，我走在路上
那些树叶将落未落
我模仿着秋天的样子
一点点成熟，一点点荒芜
喜悦、从容，沉寂、迷惘
一阵风来过，又离去
它们欲言又止
我那青黄不接的表情
它们始终捉摸不透
我的影子走在地上
我的影子爬到墙上
我的影子穿过篱笆
它们总是先我一步
到达那个铺满晚霞的前方
有这样温暖的时刻作为铺垫
今晚的我注定不会寒冷

我在走向秋天的路上

秋风吹起的时候
我去树林看落叶
通往秋天的路很短
只需从黎明到黄昏
通往大地的路很远
许多叶子,从春天就已出发
我想象着自己坐在树下
看着那些叶子,结伴而行
欣欣然,从四面向我靠拢
我在走向秋天的路上
那些树叶,正在走向一棵树
我们会在黄昏相遇

荒漠是春天的留白

同一片田野
这边长花,那边长草
同一片天空
东边日出,西边风雨
贫瘠或丰沃,繁华或荒芜
大自然的安排
看似无意,实则有心
荒漠是春天的留白
遗憾是人生的留白
悲喜交集,荣枯相随
这样的世界,令人向往

每个生命都有自己的颜色

森林、草原、田野
每一片叶子,每一朵花
总会在不同的季节
更换不同颜色的服装
人生的每个阶段
都有自己的颜色
青年是翠绿,老年是苍白
中年是灰色的过度
没有什么颜色是永恒的
黑会变成白,白也会变成黑
每个生命都有自己的颜色
或绚烂,或平淡
都是岁月打扮的
而我则赋予那些颜色
以感情,以灵魂

一片摇摇欲坠的树叶

夏天往前走着

或刮风,或下雨

都是那样从容不迫

我走得踉踉跄跄

有时走在它的前面

更多的时候

亦步亦趋,跟在它的后面

我害怕看到秋天的结果

也害怕与春天渐行渐远

总有一些树叶

在夏天的枝头上,摇摇欲坠

挽留、遗弃或者离开

无论我选择什么

或许,都不合时宜

没有生死,只有黑白

这条路一头通向过去,一头通向未来
路上的人,无名无姓
用快或慢,解释着他们的悲喜
总想走自己的路,看自己的景
却重蹈覆辙,成为别人的景

这个世界,喧嚣或沉寂
总有人来,也总有人去
人们习惯了,用冷暖表达自己的爱恨
人生的旅途只有开始或结束
青春或苍老只是驿站

时间成就一切,也毁灭一切
只是在它的字典里
从来没有生死,只有黑白
而我总是对得失耿耿于怀
注定无法摆脱被时间驱逐的命运

过去的故事

走过那片林子
看见你坐在路边的椅子上
你的出现让我猝不及防
我装作若无其事
走过你,走过那条荒径

你在等风来
还是在看日落
我一直想知道答案
只是等我返回时
那椅子上却空无一人

飞鸟已经归巢
那片林子越来越矮
我像一片叶子
飘在苍茫的暮色里
不知和谁告别

灰喜鹊

时间是一把锋利的刀
把我一分为二
一半留在过去
另一半去往将来
现场留下的，只是一副皮囊

一群灰喜鹊，在树林上面
飞来飞去，轻易间
从一个时空进入另一个时空
它们叽叽喳喳地叫着
没人能听懂那些鸟语

路上行人如织
在他们中间，我别无二致
都是踉踉跄跄
都是真真假假
每个人，都在踽踽独行

大地是雨的坟场

清明时节,这场雨
注定是那个诗人的魔咒
没有人能够摆脱
天空是雨的故乡
告别苍茫的时空
和每个鲜活或腐朽的生命
自由地踏上它的归途
该是多么虔诚
雨是这个时节的魂
其他的都是陪衬
那些草,在墓旁陪伴了一生
终究还是被连根拔起
连同雨中祭奠的人
散落在岁月的旷野
等待来年此时
再次复活,再次重逢

机 会

履历可以复制
人生却无法回头
我羡慕四季
每年都能重过一回

岁月一往情深
年年枯萎,又年年萌发
只是为了,给有遗憾的人
提供一个弥补的机会

秋天的归途不是河

秋天在这里拐了个弯
走向前面的河,河的前面
是更宽阔的世界
属于秋天的
那金黄的稻子、麦子
半青半黄的树林、野草
都已有了归宿
不属于秋天的
那风、那雨,阳光、天空
还有南飞的雁、归乡的人
自然不会停下脚步
秋天的归途不是河
流水潺潺,杨柳依依
或送别,或告别
哪里是最合适的去处

冬天的河流

我是个局外人

春天来了
迎春花、桃花、梨花次第开放
毫不掩饰对这个季节的喜爱
风格外柔,阳光也格外暖
衬托着它们盎然的生机
我把自己打扮得花枝招展
只是路过的人径直而去
直奔他们的田野山川
仿佛我是个局外人
与这个季节没有一点儿瓜葛
这是花的春天
我的春天在三十年前已经告别
我抛出最后求生的绳索
只是想靠在春的码头
不至于渐行渐远,命运总是叛逆
不会轻易满足我的愿望,也许
能带走一缕花香,也算不虚此行

在那些情节里,不再有我

立秋已至
夏天未去
我早已囊中羞涩
在时间面前
我总是肆意挥霍
透支了太多未来
只有入不敷出地活着
夏天的故事
到了秋天
自然会有结局
只是在那些情节里
不再有我

冬天的河流

左拐或者右拐,都不是我的选择

总是等到秋天过了
我才懂得秋天
总是等到雨过了
我又开始期待另一场雨
一路向前,一条路横在前面
左拐或者右拐,都不是我的选择
我只有停下来,等待一场雪
一次铺天盖地的大雪
埋没每一条沟壑、山川、道路
和原野上所有的荆棘
前面或者后面
都是白茫茫一片
或远眺,或回首
都是一样的世界

深秋的风

鸟在飞往自己的山
云在飘向自己的天空
我在赶往自己的树林
雁南归,天已凉
我必须在秋深之前
到达那个地方
如果我迟到或缺席
那些树叶将何以自处
那些诗人又情何以堪

冬天的河流

在黑夜里融为一体

我在黑暗里坐着
夏天也在黑暗里坐着
我们结伴而行
赶往下一个季节
挨得这么近，这么默契
并不是有什么承诺
总有眼光看不到的地方
总有手够不着的地方
彼此可以互相疗伤
对春的眷恋，对秋的渴望
冷或热，荣或枯
曾经的伤害、牵挂
我们耿耿于怀的
将在黑夜里融为一体
回到出发时的状态

最后还是要做回自己

秋天来了
我注定难逃一劫
我知道会有这样的结果
有幸和田间的禾苗为邻
享受了同样的风、同样的雨
享受了同样的阳光、同样的渴望
我拼命生长,只是想和它们一样
结出金灿灿的果实
我的命运如此
我只是一棵稗子
伪装了一辈子
最后还是要做回自己

有风吹过

两个世界

只隔着窗帘
光明就把这间屋子遗忘了
已经是上午十点
这个房间还是一片黑暗
我坐在床上思考着
一旦阳光降临
昨晚的那些梦,该何以自处

南辕北辙

我不动,风在动
我站着,阳光躺着
我往前走,树朝后退
我的岁月越来越短
时间却越来越长
这个世界,总是和我南辕北辙

天　机

人生这场戏
何时高潮，何时低潮
主角怎样进场、怎样退场
命运早已有了安排
即使是最高明的导演
也无法预测和左右
天会不会刮风、会不会下雨

平　台

我不可能走得更远
所有人都是一个归宿
我只是想向上走
走得再高一点
更多地看看世界
也让世界更多地看见我

下 山

人到中年,已至山顶
我们费尽力气上山
仍需辛辛苦苦下山
一步一个台阶
走下去,既是目的
也是唯一稳妥的方法

迷 失

我想到一个人迹罕至的地方
像棵树一样活着
荣和枯,都是自己的事
不会被打扰,人海茫茫
人会迷失方向,树不会迷失自己

并不孤独

世上有无数条路

我只能走一条

人间有无数种生活

我只能选择一种

其他的,都是我的陪伴

一无所有

我们一刻不停地奔走

忙着将自己的未来兑现成过去

哪怕带来的只是痛苦

回首往事的时候

也不至于一无所有

不期而至

曾经渴望,有一场雨不期而至

当那一刻来临时

我却茫然了,不知道自己

是在雨中奔跑躲雨的人

还是站在窗口看雨的人

位 置

如果，我所在的位置
是宇宙的起点
那么，注定
它也是宇宙的终点

果 农

太阳
是黑夜结出的果
而我
是那个种树的人

唯 一

天上的月亮只有一个
思念的人却有无数
我想你的时候

只能去僻静的旷野

一个人守着一条河

远　方

海子说，远方

除了遥远，一无所有

因为，你不在

如果你在，远方应有尽有

唯一没有遥远

目　标

我是秋天，只选择冬天

如果选择春天，那就有点远

我怕自己坚持不到那一刻

黄昏只选择黑夜

因为它知道，熬过了黑夜

天自然就亮了

冬天的河流

伪　装

有许多人，我经常遇见
只有在夜里，才会挥手致意
如果是白天，只会擦肩而过

第三辑 它们也在等着,随时替代我

冬天的河流

如果自己不在现场

我遵循了生活的指令
那些路牌总把我引入歧途
进，害怕走错
退，害怕失去
城市的道路四通八达
每条路都有来处，也有出处
生活在这个地方的人
从不会去看那些路牌
我也曾尝试着
凭借自己的经验和感觉
去一个自己向往的地方
却总是处处碰壁，或许
我应该承认自己的局限
当那些事故发生时
如果自己不在现场
该是多么的庆幸

每个生命都在热烈地生长

每个生命都在热烈地生长
每个生命都在走向死亡
在城市或乡村
在白昼或夜晚
没有哪个生命会停滞不前
从春到夏,从秋到冬
无数生命前赴后继
成为另一朵花、另一棵草
或绽放,或枯萎
用自己的方式
诠释世界的美丽
我庆幸自己
是它们中的一个

冬天的河流

开始是什么,结果就是什么

诗人总是古怪
就连他笔下的文字
也常感到困惑,为什么
把我放到这个位置
曾经想过,做一棵小草
长在无人问津的荒野
像一颗无名的星星
湮没在浩瀚的苍穹
我总在试,又总在错
不停变换着自己的角色
在寻寻觅觅里,蹉跎成风
我们来到这个世界
开始是什么,结果就是什么
一辈子的努力
只是在自己的名字前
增加几个修饰词

它们也在等着,随时替代我

跟这个世界处久了
总会有许多默契
如果与山在一起,我是另一座山
如果与河在一起,我是另一条河
刮风的时候,我是另一阵风
下雨的时候,我是另一场雨
在田野里,我和草一样谦卑
在森林里,我和树一样挺拔
在天上,我像鸟儿一样飞翔
在地上,我像蚂蚁一样爬行
我能扮演所有的角色,都是本色出演
许多时候,我比一朵花
或一片叶、一滴水、一抔土
更加懂得和理解这个世界
我能随时替代它们
它们也在等着,随时替代我

冬天的河流

让世界更多地看见我

我已年迈,再也出不了门
像一条荒芜多年的路,长满了野草
天晴的时候,我会坐在门口
看着天上飘过的炊烟
想着炊烟下苍凉的村庄
看着远方起伏的山峦
想着山峦后面广袤的田野
看着树梢上逗留的夕阳
想着夕阳落下后酣睡的人们
天阴的时候,我会坐在窗口
看着苍莽的天空
想着那群正在回巢的鸟儿
看着屋檐下跌落的雨珠
想着那条流淌不息的小河
看着风中飞舞的落叶
想着那个依旧清晰的春天
在白天,我看着光明
在夜里,我看着黑暗
我不去看太阳、月亮

它们太过热烈、太过冷清
我更喜欢平静
平静地活着,或平静地死去
更多的时候,我什么也看不见
我坐在这儿,这么长时间
只是不想放过每一个机会
让世界更多地看见我

拾麦穗的孩子

我挎着篮子
走在收割一空的麦田
一起捡麦穗的
都是左邻右舍的孩子
那时的天总是很蓝
我们像一群麻雀
奔走在田间地头
捡拾着生活的艰辛
也捡拾着简单的快乐
曾经的麦田，已变成了楼房
曾经的孩子，却漂泊异乡
像一段被遗失的时光
再也没有一个篮子
能盛得下这些时光的碎片

给未来让路

一条路，从田野穿过
左边是秋天的稻子
右边是秋天的麦子
它们隔路相望，互相照应
年少时，我常走这条路
到了远方，才发现
我从春天出发，秋天是必经之路
一边收获过去，一边又在遗忘过去
我所做的一切，都是给未来让路
崎岖的路，平坦的路
通往黎明的路，通往黄昏的路
所有的路都指向明天
我已迟暮，依然坚信
总有一条路，从我的世界走过

冬天的河流

等着白天与黑夜交接

傍晚时分
太阳特别亮、特别近
仿佛我只要伸出手
就能够摸到它的脸
这是一个重要的时刻
倦鸟正在归巢
路人正在回家
万物自然而平静
等待一个新的开始
我虽心有不舍
却不敢轻举妄动
打破这千万年的秩序
我像一个垂暮的老人
坐在枝叶茂盛的树下
等着白天与黑夜交接后
把我托付给另一段时光

路过的风，侧身而过

我坐在田埂上
路过的风，侧身而过
它不会停留，耽误自己的行程

花在草丛里默默地开着
水在河里静静地流着
远处的山峦，时隐时现
阳光照到的地方，没有秘密

所有的逆转都在瞬间
从荣到枯，从有到无
都在我眼前，悄无声息地发生
仿佛我从来就不存在

或许，只有我坐得久了
成为一堆土，或者一棵草
才能获得自然的信任

曾经所有的遇见,都是结果

春天,我在地里种下花生
秋天,自然会有收获
我总是迫不及待
时常把它们从地里刨出来
看看它们成熟没有
我从没想到后果
一边期待着,一边又在伤害着
未来的许多事情
需要我静静地等待
岁月不会倾尽其囊
告诉我所有的结果
它会将未来分摊到每一天
以及每一天的每一刻
一树花开,一树花落
一人到来,一人离去
每一缕阳光,每阵风,每场雨
曾经所有的遇见,都是结果
未来所有的美好
都在不知不觉中

一点点慢慢到来

又一点点慢慢离去

当我到达远方,蓦然回首

原先想要的答案

仿佛枯枝残叶一般

搁浅在岁月的岸边

等待着下一次潮汐

我已错过,再也没有机会

所有的事情都会有结果

只是那些结果,对我已没有意义

我把自己遗忘在风里

花把自己遗忘在荒野

树把自己遗忘在山里

这里是它们的故乡

一旦离开,就没有生命

我把自己遗忘在风里

总在平原或者山的高处

渴望有一阵路过的风

将我捎回出发的地方

或许我已等得太久

像石头一般冰冷、坚硬和苍老

没有哪阵风,愿意带着沉重的负担上路

我只有留在这里

或许,我的命运

在一开始就已注定

无论走多远,都是一样

陪花开花谢、叶生叶落

日出有盼，日落有念

我把所有的美好
留给了自己的前半生
青春、爱情和自由
我把所有的不堪
留给了自己的后半生
伤痛、失落和苍老
黎明时，追求光明的未来
傍晚时，追忆辉煌的过去
该播种的时候播种
该收获的时候收获
日出有盼，日落有念
或许，这样的人生
才是无憾的人生

陌生的期待

散步的时候
我不习惯去公园
转了一圈又一圈
仿佛永远没有尽头

我喜欢在马路旁
一侧去,另一侧回
不用时不时地拐弯
一路都有不同的风景

日子每天都在重复
我想创造一个机会
给自己熟悉的生活
增添一些陌生的期待

太阳已经落山

有些人,只能用来思念
有些事,只能用梦解释
有些爱,只能靠沉默表达
当我知道这一切
太阳已经落山
世上的许多事物
人们只有在错过后
才会有刻骨铭心的感觉
黄昏一如既往地平静
黑暗正如期而来
而我则像个影子
默默地紧随其后

年年逝去,又年年归来

大地荒芜
我像野花一样,开在山坡上
这里人迹罕至
风来过,雨也来过
阳光如初,送来每个黎明和黄昏
花开为春,花落为秋
年年逝去,又年年归来
这里是我的故土
栖息着我的灵魂
这么美好的世界
不应缺少花的陪伴

再普通的生活,也有许多可能

每个人都有自己的世界
通往终极的目标,有无数条路
名人成名的那条
对普通人而言,或许是岔道

河里的鱼,在河里游泳的人
原本生活在不同的世界
对水的理解,或许
都有自己的见解

再精彩的故事,只有一个结局
再普通的生活,也有许多可能

像野草一样,坐在田埂上

不知从何时开始
我习惯了自说自话
家里的墙壁没有回应
桌椅板凳都默不作声
家人也不知我在唠叨什么
我只有走进田野
像野草一样,坐在田埂上
总有白云向我飘来
有树叶向我招手
有鸟儿为我唱歌
有风儿替我理顺头发
甚至有蚂蚁爬上我的膝盖
我的每句话、每个动作
它们都能心领神会
也许,这才是我的归宿
在大自然里,每个生命都不会孤独

第三辑 它们也在等着,随时替代我

走得越远,留给未来的就越少

一边在给予,一边又在剥夺
看似漫不经心,实则暗藏杀机
在不知不觉中,让人们放下戒备
时间总是独行其是
我又总是一往情深
陶醉在自己认定的远方里
殊不知走得越远
留给未来的就越少
在时间眼里,我只是一阵风
偶尔路过这个地方
不会带来什么,也不会带走什么
曾经想成为这座城市里的某一个人
无奈心神不定,只有从半空坠落
长成了树上的一片叶子
依然和风有扯不清的关系

一张站票

我看见一条路，由近及远
消失在苍茫的天际
我看见一条河，由宽变窄
湮没在大地的深处
我看见树叶，由绿到黄
坠落在秋天的风中
我看见一群人，粉墨登场
唱念做打后，又一一退至幕后
我倾尽一生的财富
仅换得一张站票
偌大的世界
我踮起脚尖
也只能看见一隅
生和死，欢喜或悲切
荣和枯，精彩或平淡，
看似近在咫尺
又仿佛穿越千年
更多的时候，我身陷其中
被四周的声音裹挟着

仿佛潮起潮落间的一片海
许多我看不见的世界
还有我看不见的人群
依旧在外面排着长队,等候入场

冬天的河流

岁月总在不停地过期

我坐在田埂上
看着天色暗下来
田里的麦子已经收割
只有那些根，依旧留在土里
没有人告诉我，这样的坚守
有什么特别的意义
岁月总在不停地过期
被光明遗忘的，注定被黑暗遗忘
我已无路可退，既然来了
就不会轻易离去，旷野无人
我不会逃避自己的命运
用余生守着这片故土
和星光一起灿烂
和大地一起沉默

等待寂寞、孤独、病痛和苍老

春天,等一朵花开
夏天,等一阵风来
秋天,等一片叶落
冬天,等一场雪飘
岁月在等待中来临,也在等待中消逝

在黎明,我等待黄昏
在梦里,我等待醒来
在眼前,我等待远方
它们或如期而至,或姗姗来迟
人生总在等待中开始,又在等待中结束

那阵风,那场雨,那束阳光
不用等,也会路过我的人生
许多时候,我苦苦守候
只是在等寂寞、孤独、病痛和苍老
没有它们的陪伴,我的人生注定残缺不全

冬天的河流

信仰的力量,让万物各归其位

太阳在夜晚休息
月亮在白天休息
我没有说要停下来
只是想给自己放个假

我想去海边
看看那片沙滩
在经历潮起潮落的折磨后
是怎样的淡定和沉默

我想去山顶
看看那些石头
在见证日出日落的辉煌后
是怎样的从容和平静

卑微有卑微的荣耀
高尚有高尚的不堪
信仰的力量,让万物各归其位
谁都有属于自己的生存法则

我不是那堆沙子,也不是那些石头
我只是独一无二的自己
在阴晴不定的日子里
依然拥有光明般的温暖和渴望

演绎别人的故事

或许，伪装是我的本能
春天，我伪装成花
在阳光下欢笑，在风雨里惆怅
夏天，我伪装成蝉
在树荫里，不停地呐喊
秋天，我伪装成叶
仿佛若无其事，在枝头停留
冬天，我伪装成雪
覆盖原野，覆盖岁月的痕迹
一直以来，没人告诉我理由
我习惯了，风和日丽的白天
蜷缩在墙角的阴影里
习惯了，漆黑一团的夜里
遥望满天星辰
我一生都在演绎别人的故事
情到深处，终于忘了自我
谢幕以后，再也找不到归途

第三辑 它们也在等着,随时替代我

岁月给了我一小块地

没有一滴雨,刚落到地面
就急于返回天空
像一个走亲戚的客人
总要坐下来喝杯茶、吃顿饭
停留一段时间,彼此间叙叙旧
返回时,主人也会反复挽留
那田野里绿的草、红的花
还有金黄的稻穗、肥壮的牛羊
都是大地最慷慨的回赠
我是岁月的客人
来时两手空空,离开时
岁月给了我一小块地
这是我一辈子唯一的收获
我终于有地方安放自己的未来
不至于流离失所

花是叶的一部分

那道篱笆,形同虚设
风进去了,阳光进去了
一群蝴蝶也飞进去了
我在外面,看着它们自由出入

原来这个地方,是块草坪
有人在中间用篱笆隔开了
里面种花,外面走人
只是那些花,经常探出头来
只是那些人,经常伸出手去

许多时候,我们总是自以为是
想把白天的交给白天
想把夜晚的交给夜晚
想把天空的交给天空
想把大地的交给大地
结果往往弄巧成拙

世界总是不分彼此

花是叶的一部分
生是死的一部分
一点点来，又一点点去
所有的惊天动地，都在无声处
所有的繁华，都在寂寞之中

渴望拥有自己喜欢的天地
把世界割裂开来，楚河汉界
无疑是画地为牢
总想分清，却总是分不清
或许，这是我们的悲哀
也是我们痛苦的源头

等着发现或被发现

我是一个爱捉迷藏的小孩
因为藏得太好
一直没有被人发现
最后只好独自一人
怅然若失地回家
一朵花开着、败着
从来不会去掩饰
茫茫人海,我们藏得越深
失去的也就越多
直至失去自我
我们来到世上
等着发现或被发现
所有的自以为是
在最后的结果面前
总是不堪一击

搬　家

岁月每天都在搬家

从一段时空到另一段时空

还是那些山川田野

还是那些日月星辰

却是不一样的日子

人们时常会搬家

从一个房间到另一个房间

还是那些桌椅板凳

还是那些锅碗瓢盆

却是不一样的生活

曾经也想着

给自己的寂寞、孤独、痛苦

换个环境，让它们重启一段新的开始

却一直找不到合适的地方

至今，它们依旧和我一起

心有不甘地活着

冬天的河流

山外有山

一座山，哪怕再高
终须仰望天空
一条河，哪怕再宽
终是匍匐在地
这样的感慨，只是缘于我的狭隘
一座座山，一条条河
从不炫耀自己的光芒
也从不诉说自己的悲伤
高或低，宽或窄
本没有差距
山的外面有更高的山
河的前面有更长的河
我毕生的参悟，不如
山里的一棵草
河里的一滴水

等待光明降临

我渴望的另一个世界
其实是我的影子
只有在有光的时候
才会被人看见
更多的时候
它只是默默地
蛰伏在我的体内
等待光明降临

今夜的一束微光

我不去想,自己的未来
是沼泽还是戈壁
让人望而却步
我不去想,自己的未来
是草原还是田野
让人萌发生长的冲动
我不去想,自己的未来
是江河还是湖泊
让人照见自己的影子
未来由未来去决定
成为一抔土、一粒沙
或者是一棵草、一滴水
都是我的幸运,我只活在现在
今夜的一束微光
远比清晨的万道霞光
更懂得赶路的人

岁月的一个梦境

这片土地，曾经日升日落
却没有留下阳光照耀
和黑夜沉没的痕迹
这条大河，曾经潮起潮落
却没有留下水的湍急
和平静流动的证据
这座大山，曾经草长草灭
却没有留下花的绽放
和叶枯萎的气息
一朵云，聚了又散了
一阵风，来了又去了
天地之间
总有我的位置
终无我的印迹
我的出现或消失
只是岁月的一个梦境

所有的美好,都是远道而来

风从海边来
雨从天上来
日月的光芒从宇宙中来
流入大海的水从高山中来
所有的美好,都是远道而来

雁从北方来
客从故乡来
秋天的果从春天来
冬天的雪从夏天来
所有的美好,都是远道而来

光明从黑暗中来
开始从结束中来
生的喜悦从死的悲伤中来
现在的拥有从过去的失去中来
所有的美好,都是远道而来

世界总是喧嚣

我只在自己的亭子里
摆一张琴，煮一壶茶
等待那些美好，如期而至
在重逢中，找到自己

第四辑 我在重复另一朵花

以我的名义

日月星辰,把自己交给了天空
花草树木,把自己交给了大地
我把自己,全部交给了时间
因为彼此坦诚,世界不再有隔阂
我可以从容地在山水之间
在白天和黑夜之间
自由地穿行,没有后顾之忧
我的旅程,注定有去无回
和这个春天一样
我把能留下的全部留下
青春、爱情、自由、尊严
明年的这个季节
会有人以我的名义
重新归来

天生笨拙

房子只有一扇窗户
阳光从这里进来
月光从这里进来
风也从这里进来
它们来去自如
循着它们的路线
我时常逃出去
观赏外面的世界
只是我天生笨拙
原路返回时
总是伤痕累累

冬天的河流

不知不觉地失明

一个失明的人
竹竿就是它的眼睛
他走过的每一条路
都会在竹竿上刻下记号
他无须抚摸,凭着感觉
就知道自己处在什么位置
不会摔跤,也不会走错
他只在固定的路线行走

人在一个地方待久了
总会不知不觉地失明
沉浸在自己的习惯里
天或阴或晴,或黑或白
只是凭着记忆走路
不再涉足陌生的地方
相比那些真正失明的人
我们只是少了一根竹竿

全在水起水落之间

河的这边,树叶还没落完
河的那边,白雪已至
秋天与冬天的过渡
总是那么严丝合缝
大自然像一个爱美的孩子
总在更换不同的服饰
从绿到黄,从黄到白
陶醉在成长的喜悦中
我们则像忐忑的父母
在患得患失的渴望和担忧里
送走黎明,迎来晚霞
我们只是岁月岸边的芦苇
却总在思考着未来的世界
殊不知自身的命运
全在水起水落之间

背道而驰

走在街上的人
没有人知道
那个与自己擦肩而过的
是个诗人

诗人总是目空一切
在他眼里
没有道路,也没有他人
他只在自己的诗行里漫步

所有人都在往前走,只是
有人朝南,有人向北

生命如花

花为谁开，为春天
为春天里的我，还是其他人
春天只是偶尔经过
我也只是无意路过
春天来不来，我在不在
那些花，不会问什么理由
或绽放，或枯萎
都是生命的一部分
一切，只为成全它自己
和我没有关系
或欣喜，或悲伤
只是我触景生情
和那些花没有关系
生命中许多的遇见
只是插曲，改变不了结局

冬天的河流

外面的世界与我无关

我是山谷中的一朵花
在沉默中生长、绽放
也在沉默中枯萎
和身边的其他花一样
我们都是山的子民

山谷很空、很大
容得下所有的风雨
容得下所有的光阴
也容得下所有的过去和未来
我们从不会感到寂寞

没有一个山外的人
能够走到这里,如果幸运
我会长在山顶
看见更辽阔的天空
和山外更大的世界

每朵花都有自己的春天

我只在属于自己的季节绽放
不开花的日子
我和那些草、那些树一样
守着自己的一方天地

我只属于这个山谷
真实、简单、自然
不会故作惊艳，不会被人安排
也不会被赋予其他特别的意义
外面的世界与我无关

冬天的河流

我们仅仅拥有现在

这是一条通往远方的路
有人发现了小桥流水
有人发现了星辰大海
有人发现了爱情与仇恨
有人发现了荣耀与屈辱
我却遇见了一朵花
这个时刻，我们心有灵犀
一起栉风沐雨、互为背景
曾经各自过去，还会有各自的未来
或许，我会停留
那些花却不会停止生长
我们仅仅拥有现在
失去的也正是现在

我一直是时间的一部分

地球是圆的,太阳是圆的
时间以引力为支点
撬动整个世界
或沧海桑田,或涛声依旧

日出日落,冬去春来
岁月在不停地轮回
我以时间为支点,撬动我的世界
或风和日丽,或天昏地暗

从生到死,一辈子
我一直是时间的一部分
或忠诚,或背叛
却没有留下任何印记

无人认领的野果

秋天是收获的季节
农民收获麦子,土地收获麦秸
天空收获日月的尘埃
我去荒凉的林子
采摘无人认领的野果
它们习惯了独自生长、结果、腐烂
习惯了无人问津的生活方式
对我的到来无动于衷
夕阳正若无其事地下山
回到它出发的地方
等待下一个新的开始
我只有独自一人悻悻而归
错过了春天的播种
错过了风雨中的陪伴
或许,也将错过一生

在别人的作品前停留

人生的旷野
铺满了各种各样的颜色
有的喜欢鲜艳
有的选择暗淡
或浓墨重彩,或轻描淡写
画山水,画花鸟,画人物
每个人都是自己的作品
挂在时间的长廊里
更多的时候,人们只是
喜欢在别人的作品前停留

人生的下午

上午是美好的
万物欣欣向荣
像一个风华正茂的少年
阳光从不掩饰自己的喜欢
每天用一个下午
回眸那些美好的时光
我和阳光走在同一条路上
只是在临近黄昏时
才偶尔翻开自己的日记
让那些陈年往事
呼吸一些新鲜空气
不至于窒息
只是曾经的自己
已习惯了在孤独中生存
面对夕阳，始终
寂静不动，也不敢回首

我的身体就是我的语言

每个季节都有自己的风景
每道风景都有自己的表达方式
冬天飘雪，春天开花
只缘于我的认识

白天的白，黑夜的黑
喧嚣或者沉寂
我身在其中
无法看到世界的真相

在岁月面前
我无话可说
我的身体就是我的语言
没有任何秘密

冬天的河流

风　筝

阳光照在路上
我坐在路边的石凳上
看着来来往往的人
自由得像风一样

我想象着他们去的地方
是否有眼前这般明亮
偶然抬头,却见一只风筝
飘在蔚蓝的天上

在雨中出发

习惯,在雨中出发
累了,流汗
伤了,流泪
没人看得出来

喜欢,在雨中出发
和那些树、那些花、那些草一起
分享彼此的成长
不再陌生,也不再孤单

在雨中出发
像那些雨一样
全力以赴,不再回头
再远的路,都会抵达

冬天的河流

现在是过去的遗址

至今我仍无法确定
早些年发生在我身上的事情
哪些是真，哪些是假
或许永远是个谜
现在是过去的遗址
如果细心挖掘
总会有新的发现
只是再多的修补
也回不到从前
曾经只是一个普通的瓷碗
而今却价值连城
或许，我们所有的日子
注定要等到许多年以后
才能闪耀出它的光芒

我是一滴殷红的血

黎明是道裂谷
黑暗在一侧坠落
光明在它的对面升起
裂谷是时间的伤痕
我是一滴殷红的血
在伤痕的最深处
滋养过去,孕育未来
我一直相信,这里
是太阳的起点
也是太阳的归宿

冬天的河流

在路边趔趄而行

白天,我给阳光让路
夜晚,我给月光让路
它们是这个世界的主宰
我只是一个过客
在路边趔趄而行
有一束余光
足以照亮我的旅程

我在重复另一朵花

因为你的喜欢
我成了风景中的风景

你看到的,只是春天的我
并不是一个完整、真实的我

我在秋天枯萎的时候
比绽放的时候更从容,也更自信

一时的相识令人兴奋
一生的相知更令人神往

你在羡慕我的惊艳
而我,只是在重复另一朵花

凌晨三点半

在梦中,我拼命奔跑
双腿在地面擦出火花
引起了一场灾难
我听到了什么,看到了什么
我在逃避什么,追逐什么
如果我不醒来
没人会知道真相
凌晨三点半
许多事情都在发生
远比梦更真实、更神奇
我在选择方向,我就是方向
未来总有巨大的魔力
让无数人前赴后继

一如我的过往

一阵风来
一场雨过
阳光依旧照耀
那些在雨中奔波的人
那些在屋檐下躲雨的人
又若无其事地走在一起
仿佛什么事都没发生
只是那场雨
一厢情愿地落到这里
被人踩踏后,已污浊不堪
变得水不成水、泥不成泥
一如我的过往

冬天的河流

生命不是孤独的旅程

在白昼,我是阳光
在夜里,我是黑暗
在春天,我是地里的一棵草
在冬天,我是天上的一片雪
我来到这个世界
注定是自然的一部分
要风有风,要雨有雨
世界从不孤独
再怎么微小的生命
总有宇宙的星辰
总有四季的风景
与之为邻,相伴一生

世界和我的区别

世界路过我
每一束阳光,每一丝黑暗
甚至每一阵风,每一场雨
总会把我当成和它们一样
热情地投入我的生活,参与我的人生

我路过世界
每一个黎明,每一个黄昏
甚至每一棵树,每一朵花
都想据为己有
觉得自己有资格支配它们

世界如此博大,有无数追随者
或许,正是因为它的慷慨
我如此渺小,始终形单影只
或许,也是因为我的贪婪

冬天的河流

以自己喜欢的方式

东边朝阳,西边晚霞
北方飘雪,南方和煦
这个世界总是此消彼长
从不掩饰自己的残缺

生或死,爱或恨
过去或未来,黑暗或光明
岁月倾其所有,用一个个轮回
回应人们对美好的渴望

喧嚣时,选择沉默
荒芜时,选择生长
我以自己喜欢的方式
弥补这个世界的遗憾

因我而来,因我而去

时空遥远,终有尽头
既然有了开始
就会有结束

世界很大,无边无际
在我的眼里,或许只是
一朵花或一棵草

我所遇见的,一切
因我而来,因我而去
或一瞬,或一生

冬天的河流

改变这个世界的力量

一条河从村边流过
总会有许多事发生
有人捕获了鱼虾
有人学会了游泳
有人取水灌溉庄稼
有人洗涤自己的衣物
属于我的,只有苦涩
身体在此岸
灵魂却总在彼岸
彼此忠诚着,又彼此伤害着
或悲,或喜
永远遥相呼应

一个生命与另一个生命
所谓的心有灵犀
所谓的孤立无援
都是彼此无奈的安慰
每个生命都有自己的归宿
隔着一朵花、一棵树

甚至一座山、一片天空
生命才能找回自我
不至于迷失在自己的世界

有些光只属于黑夜
有些叶在春天就已凋零
雨后面还会有雨
河前面或许无河
从一个地方到另一个地方
从一段时光到另一段时光
甚至从生到死
每个生命都有自己的向往
改变这个世界的力量
只来源于距离

冬天的河流

每滴水都是唯一

我无法,把一朵花
从绚烂的春天里采出
也无法,把一颗星
从璀璨的夜空里摘出
如果我成功了
这个世界就毁灭了
海虽大,却没有一滴水是多余的
每滴水都是唯一

让黎明从黄昏开始

那些路,亦步亦趋
春天通往有花的地方
夏天通往有风的地方
秋天通往有月的地方
冬天通往有雪的地方
我总想独辟蹊径
却总是事与愿违
不过我从没有放弃
让生命从枯萎开始
让黎明从黄昏开始
相信,我变了
这个世界也会变

收割的底气

如果像大棚里的花一样
不经历风雨,也能娇艳地绽放
在夜深人静的时候
我就不能理直气壮地面对自己
在烈日下暴晒,在骤雨里奔走
胳膊被晒脱了皮,手掌磨出了茧
秋天来临时,我自然会有收割的底气
哪怕只有枯枝败草,我也无怨无悔
或任其腐败,或将其焚烧
都是我争得的权利
在人世间行走,南来北往都不重要
只是总要有所倚仗
证明自己不是不劳而获
就像一个农民,往来田间地头
总要扛一把锄头,或者挎一个篮子
不为表明自己的身份
更多的是一种态度

第四辑 我在重复另一朵花

在不知不觉中,闯入别人的禁地

支撑我走下来的,与其说是信仰
不如说是欲望,或者期待
我知道自己没有那么高尚

天上的鸟,地上的蚂蚁
或飞翔,或爬行
都不是它们自己的选择

一棵草,长在戈壁
不会炫耀它的生机
一块石头,放在花园
不会流露它的孤寂

因为平常,我走在哪里
都不会给人错位的感觉
因此,我常在不知不觉中
闯入别人的禁地

第五辑 世界终于听到了我的声音

冬天的河流

锦衣归来

花已枯萎,叶已飘零
它们告别属于自己的季节
背井离乡,去往自己的远方
秋天已被收割
田野一片荒芜
我无处藏身
只能像那些稻茬、麦茬一样
把自己深埋在土里
就像我的父母
守着苍凉的老屋
等待来年开春
儿女们锦衣归来

我是岁月的日历

有关我的事情
发出的第一次声音
掉下的第一颗门牙
夜里做的第一个梦
头上长出的第一根白发
时间都会忘记
如果不这么遗忘
何以面对千千万万已经逝去的人
和将要逝去的许许多多的人
所有与时间有关的事情,都与我有关
我是岁月的日历
记录黎明到来、黄昏离去
记录春天开花、秋天结果
记录每一阵风、每一场雨
时间忘记的一切
都由我承担

家乡的那座老房子

那些阳光记得，自己
曾经到过这片雪原
那些风记得，自己
曾经到过这座深谷
那些雨记得，自己
曾经到过这片荒漠
大自然都有自己的记忆
春天走了，明年这个时刻
还会回到现在的地方
花儿谢了，再次绽放
依然会是当初的模样
家乡的那座老房子
父母不在了，再也没人记得
为我打开那扇尘封的门

坐在轮椅上的人

放到篮子里的苹果
再也回不到树上
我坐在轮椅上
看着这个喧嚣的世界
一切熟悉的都变得陌生
黎明不再提醒时间
春天也不再指引季节
路的方向,决定我无法选择
我的双腿已离开地面
身体却依旧在岁月里
穿过风,穿过雨
我拼命挥动双手
只是想借助空气的力量
使我的灵魂飞起来
不至于匍匐在地

冬天的河流

我不知道远方在哪里

这阵风
曾经去过北边的雪山
也曾去过南边的大海
现在,我们在一起
在林子里徜徉

这片林子
是南来北往的必经之地
风选择在这里筑巢
每年这个时候,它们会回来
短暂休息,又匆匆离去

远方是风的宿命
我不知道远方在哪里
只能一直守在这里
看护着这片林子
等着它们再次归来

每一片叶子就是每一个人

秋天是一部古书
落叶是它的注释
千万年来,有无数注释
我最钟情你的版本
你说,秋天和人一样
活着,隐藏在茫茫人海
死了,埋葬在茫茫荒野
人有什么,秋天就有什么
每一片叶子就是每一个人
或是他的前世
或是他的今生

总有些花，只开在秋天

我把河里的淤泥堆到岸上
总有一些淤泥，在下雨的时候
又顺势回到河里
或许，它们习惯了在黑暗中生活
或许，它们只是不想被打扰
没人看见，却无时不在

总有些花，只开在秋天
在暮年回忆青春，回忆爱情
在他乡回忆故土，回忆父母
夜幕已经降临，我却迟迟未归
只是为了等那一场雨

我是一片树叶,还是一缕风

总有许多树叶
在秋天的风里,不知所踪
总有许多的风
在秋天的树林,不知所往
每一片树叶,都有自己的故乡
每一缕风,都没有自己的归途
每年这个时候,我总会迷惘
我是一片树叶,还是一缕风

冬天的河流

世界终于听到了我的声音

公园角落的那座小土山
是专门为我准备的
每天上午,我坐在那儿
像个听话的孩子,学习拉二胡
方法还是老早以前父亲教的
尽管我一往情深,费尽了气力
依旧拉得断断续续
仿佛我那跟跟跄跄的过去

年轻的时候,我沉默寡言
像地里的庄稼
风里雨里,只顾着生长
从不考虑秋天以后的事情
我和这片土地有过默契
彼此兑现自己的承诺
我始终相信,汗水洒进土里
自然会长出一切

此刻,阳光照在草坪上

第五辑 世界终于听到了我的声音

风又在林间穿行
世界终于听到了我的声音
只是我不敢喜形于色
因为我明白,这个声音
源自千里之外的故乡
那里也有这样一座土山
比这里的小很多、很多

我遇见的最后一人

天未黄昏,我已老
不用坐在公园的长椅上
看着天一点点亮起来又暗下去
不用走在大街上
看着人来了又去了
只能坐在家门口
等着那风、那雨来看我
等着白天的光明和夜里的黑暗来看我
人只有老了,才有这个资格
只是我始终无法分清
我遇见的最后一人
是现在的你,还是过去的你

变小的故乡

本来是很高兴的事
我却显得有点失落

家里的门槛,曾经
爬着进,爬着出
如今却如履平地
门口的小院子,曾经
从一头跑到另一头
也会气喘吁吁
如今像在转身之间
村东边的河,曾经
望洋兴叹,如今
仿佛一伸出手臂
就能碰到河的对岸
我出去串门,村里人都说
你长高了、胖了,都不认识了
我语无伦次、慌里慌张
在普通话和家乡话之间
不停地来回变换着频道

冬天的河流

是不是,我长大了
侵占了故乡的生长空间
是不是,走得远了
故乡就变得小了

我感到愧疚、不安
离开家十几年了,好像
我已经成了一个游子
不再是这个村里的人

等着有人向我招手

我在雨中穿行
等着有人向我招手
为了这场雨,我蓄谋已久
当人们四散躲雨时,我暗自庆幸
雨水淋湿了房顶
淋湿了我的衣服
也淋湿了我手中那块写着
专业防水、专治漏雨的牌子
总有一些命运,被雨改变
就像现在,我看见脚下的路
在雨中重新鲜活起来
不再蓬头垢面
也不再失魂落魄

冬天的河流

过去是锚

因为一场病
母亲遗失了现在
过去的事忘不了
眼前的事记不住
她的心里只装着过去

因为忙着赶路
我扔下过去的记忆
早些年的那些事
都由母亲保管
我的眼里只有远方

过去是锚
如果母亲不在了
我的生命之舟
又将如何靠港

母亲像一条坝,拦在河的中央

一条河,穿城而过
我曾经问过城里的人
这条河通向哪里
他们回答,通向大海

家乡村子东边也有条河
我曾经问过母亲
那条河通向哪里
母亲回答,通向长江

有了河,就有了依河而居的人
就有了城市,有了乡村
河是城市的源头
也是乡村的源头

我曾想探寻自己的源头
怎奈我早些的记忆
都是母亲给我讲述的
母亲像一条坝,拦在河的中央

冬天的河流

　　我所有的逆流而上，都到此为止

　　不同的地方有不同的河
　　不同的河有着同样的归途
　　只是有些河，流着流着
　　就消失在大地深处
　　如同我沉寂而又不甘的人生

寻觅那把和自己匹配的钥匙

我腿有残疾
只能租用商店的一角
以修锁、配钥匙谋生
修一把锁,配一把钥匙
意味着开一扇门
同时也关一扇门
门外的世界,或许很大
我只在自己的方寸之地
守着眼前的这面墙
和墙上各种样式的锁和钥匙坯子
我和它们一样沉默
这是锁和钥匙最熟悉的相处方式
混迹在它们中间,我像是一把锁
锈迹斑斑,依然在苦苦寻觅
那把和自己匹配的钥匙

冬天的河流

故乡的油菜花

我与那片油菜花隔河相望
它们和我想象中的一样
没有一点苍老的痕迹
小时候,我总是跟着母亲去田里
母亲忙着给菜地除草
我则像蜜蜂一样,在田间飞来飞去
采撷着自己花一般的时光
现在这片油菜花,却总是沉默
对于我们的遇见,没有丝毫的惊喜
或许我应该表明自己的身份
只是我无法清楚地表达,我是
一个农民、一个诗人,还是一个过客
我与它始终隔着一条河
我与故乡始终隔着一条河
再也没人喊我的小名
我只有在原地徘徊

爹娘给的名字

阳光普照,就是白天
星光满天,就是黑夜
开花时,总在春天
凋零时,总在秋天
有人经过,被称作过去
无人经过,被称作未来
时间有许许多多的名字
黎明、拂晓、黄昏、傍晚
十二时辰,二十四节气
千千万万年,凭借这些称呼
时间出入岁月的各种场合
无所顾忌,应付自如
我在时间里行走
风和日丽或凄风苦雨
从生到死,始终只用一个名字
这名字是爹娘给的,如果弄丢了
茫茫人海,我便成了孤儿

冬天的河流

关于生和死的对话

傍晚时分,天依旧明亮
我关上所有门窗
清除光留下的一切痕迹

这是一间老房子
我的祖辈都生活在这个地方
现在我住在这里
每天负责开门、关门
在房前屋后种花、种草
种上自己赖以生存的庄稼

我的祖辈们只有到了晚上
才聚到这里,我们互致问候
在黑暗中用无声的语言交流
他们说着遥远的过去
我说着遥远的将来
我们彼此激励、彼此托付

我不相信迷信

但我相信灵魂、相信传承
相信冥冥之中的安排
我不会无缘无故来到这个世上
总有一些特别的使命
让我责无旁贷地坚守

关于生和死的对话
是一个严肃的事情
我只有在寒冷的夜里
才能清醒地思考
找到回答的路径

冬天的河流

往日时光

一

今天，再怎么平庸
总会超越昨天
所以，时间从来不会回头

二

岁月，总是恋旧
在春夏秋冬的交替中
不断重复着过去的日子
寻求新的发现、新的希望

三

一条河，从源头出发
在它抵达大海之前
会有许多转弯，当它转弯时
它的现在和它的过去、未来
总在不同的时空并驾齐驱
彼此陪伴着，一路向前

四

老家门口有一个小小的池塘

没有上游,没有下游

也没有四季,甚至有时也没有水

因为沉淀了许多游子的往事

已越来越小、越来越浅

我依然渴望着,有一场雨

淹没那些坑坑洼洼的过往

依然渴望着,有一阵风

吹起或多或少的涟漪

第六辑 因为有你，我始终有所期待

每个人都是颗种子

从地里长出来的东西要回到地里
如稻子、麦子和玉米
才能继续它们的生命
从天空遗落的东西要回到天空
如风雨、光芒和彩虹
才能再次延续它们的活力
从我身体里长出来的东西
如青春的繁华、苍老的流年
一旦离开了我的身体,就一去不返
爱情、自由、尊严、向往,枯萎了
和它们休戚与共的一切
如痛苦、思念、失落,却生生不息
大地埋葬了所有人
每个人都是颗种子
在黑暗中等待着开花结果

你的存在,是我的幻觉

我所走过的路,你曾走过
我见过的风景,你曾遇见
我总在重蹈你的覆辙

一些早晨,一些傍晚
或在风里,或在雨中
曾经的许多故事
我却记不起来

如果我错过的
恰恰也是你错过的
我就有理由怀疑
你的存在,是我的幻觉
我只是在不断重复自己

冬天的河流

每个日子都熠熠生辉

其实,我一直没有离开
从黎明到黄昏,我就站在长亭的外面
看到了花草上栖息的蝴蝶
看到了太阳照在雪山的光芒
听到了风行林中、雨落梧桐的回响
听到了孩子的啼哭、父母的呼喊
每个日子都在等待
每个日子都熠熠生辉
在平凡中守望平凡
在告别里迎接告别
我依然一往情深
甚至我的牵挂和苍老
也因为有所期盼而日益丰满
所有的美丽,只因有你

我也是一个宇宙

大海是宇宙的一滴眼泪
大地是宇宙的一颗尘埃
我以微乎其微的存在
流淌在宇宙的血脉里

一朵花就是一个春天
一棵草就是一片天地
对于日月,我从来坦然
因为我也是一个宇宙

我不会离去,也不会消亡
从一个世界到另一个世界
从一种状态到另一种状态
只是改变爱的方式,像四季交替

冬天的河流

走得太远,天就黑了

今天与昨天没什么区别

一样的太阳,一样的天空

一样的风,在街上游荡

眼前的路与以往的路没什么区别

一样的宽,一样的平

路边的每栋房子、每棵树

从屋里出来的每个人

都是他们曾经的模样

甚至是从头顶飞过的鸟儿

我也知道,它们从哪儿来、到哪儿去

这条路,无论晴天或阴天

我每天都在走

没有什么前途无量

也没有什么前途未卜

有时,我会多走一个路口

等熟悉了周围的环境

再走下一个路口

再往前面,有一座山

那是城市视线的尽头

挡住了城市的出路

山上有一处公墓

许多我熟悉和不熟悉的人都葬在那里

我的眼睛总是看得越来越近

我的双脚总是越来越敏感

我始终只在山的这边走动

从未去过山外面的世界

走得太远,天就黑了

向前或者向后,我怕

怕自己找不到归途

冬天的河流

隐藏自己的丑陋、软弱和虚伪

我不能,像那个小男孩

赤裸着身体,毫无顾忌

在人群、田野肆意奔跑

也无法,像花草树木、虫鱼鸟兽

赤裸着身体,在天地间

尽情绽放自己的本性

更无法,像阳光、风雨

赤裸着身体,自由地

去自己向往的每一个地方

我是个俗人,抵御不了生存的诱惑

只有穿上盔甲、戴上头盔

把自己严严实实地包起来

隐藏自己的丑陋、软弱和虚伪

世界如此坦荡

我不能破坏这份美好

我只去人少的地方

我是秋天的一场雨

不闻雁来,不禁行人

不鸣败荷,不滴空廊

不寒野桥,不愁芭蕉

我只去人少的地方

下在田里,把稻子染得更黄

下到河中,找寻故人的足迹和声音

下在林间,为将要离去的叶子洗去风尘

人海茫茫,我载不动许多愁

我是秋天的一部分

应该与这个季节一起枯、一起荣

然而我却做不到,所以

只能在人们酣睡时

悄悄地来,悄悄地去

冬天的河流

每个人都是一束光

你躺在鲜花丛中
和你告别的人,站在花圈之中
告别的大厅,坐落在田野之中
天空俯瞰一切
大地沉默,没有人说话

我像个机器人一般
木然地给你鞠躬
我甚至有一些恍惚
这是谁向谁告别
这里躺着的,可是你的替身

你现在躺的地方
之前,许多人躺过
之后,还会有许多人来
这一刻,你是你
下一刻,你又是谁

每个人都是一束光

第六辑 因为有你,我始终有所期待

白天,照亮别人
夜晚,又被别人照亮
曾经,你背靠在梧桐树上
只是现在,再也没有人问
你从哪里来,又要到哪里去

冬天的河流

另一个我

我在人世间行走
吹过风,淋过雨
看见花开,遇到叶落
注定会被人期待
也注定会被人伤害

岁月不紧不慢
或繁华,或荒芜
不委屈自己,也不迁就他人
在与世无争中
默默改变着世界

路过每个黎明
也路过每个黄昏
我只把它们当作普通的风景
从未懂得去欣赏,其实
它们是另一个我

第六辑 因为有你，我始终有所期待

黑暗是我唯一的依靠

呼出黑暗，又吸进黑暗
此刻，黑暗是我唯一的依靠
我是黑暗的一部分
拥有黑暗的全部能量
我像草木的根须
不停地深呼吸
吸收着黑暗的营养
我知道，在土里埋得越深
越能遇见更多的光明
天亮以后，人们会看到
红花，绿叶，金黄的果实
还有明朗的天空
这一切的一切
都在黑暗中孕育、诞生
包括我，还有我的未来

冬天的河流

我不会两手空空

白天,我走到哪里
自然有阳光陪着
夜晚,我做什么梦
自然有月光陪着
每条路都通向远方
无须我刻意选择
每颗星星都发着光
我是哪颗已不重要
朝霞、夕阳,春雨、秋风
每一朵花开,每一叶凋零
自然的恩赐,属于所有人
我不会两手空空
世界上的一切
这一刻,我遇见了
这一生,便拥有了

因为有你,我始终有所期待

如果你是一条路
我就是另一条路
路连着路,成为旅程
自然通向更远的地方

如果你是一滴水
我就是另一滴水
水融入水,成为河
一起流向湛蓝的大海

如果不能和你平起平坐
我就成为你的一分子

如果你是一本书
我就是书里的一个逗号
连起你的过去和未来

如果你是一段岁月
我就是一棵草

冬天的河流

见证你的繁华和荒芜

或许,在你的时间里
我就是一个刻度
你的每一次遇见和告别
都无法绕过我

我是幸运的,因为有你
我始终有所期待

最好的庇护

我的身体是我的房子
因为签订了终生租赁合同
我觉得一切都理所当然
从来不懂得珍惜,曾经
我像个牧民,骑着大马
从草原到森林,不停地迁徙
在蓝天白云下,放牧着牛羊
如今,这房子年久失修
再也经不起翻修、搬迁
我的灵魂只有在日月交替时
孤身一人,离家出走
我不知道自己的方向
别人也不知道我的踪迹
是否,写诗的人
注定要在漏雨的屋子里
才能看得见漫天星辰
没有人比我更清楚
那墙壁,摇摇欲坠
却是我唯一的依靠

冬天的河流

那门窗,破烂不堪
却是我最终的归途
曾经百般奉承的
正离我渐行渐远
曾经鄙视的,风雨之时
却是我最好的庇护
没有人会停下来
等待自己的过去
无论我走得多远
风光,还是坎坷
终究要回到开始出发的地方

知遇之恩

有时也想，如果能够选择
我希望下在无人的地方
幽静的山谷，荒凉的戈壁
黄昏的田野，秋后的草原
或急或慢，或大或小
自然地来，自然地去
该是何等洒脱

人多的地方，欲念丛生
花开成花，树长成树
需要多大的定力
渭城朝雨，巴山夜雨
枯荷听雨，故溪歇雨
喜悦或痛苦，迷茫或渴望
都与我无关，都由我承担
我配合着演绎各种角色
即使那不是我的初衷
曾想远离这个是非之地
又恐辜负了许多的期望

冬天的河流

我只是一场普普通通的雨
从天空坠落大地
奋不顾身地奔赴
既因山河,更因有你
山河给了我归宿
让我有了栖身之地
你又给了我灵魂
赋予了我人类的情感

酝酿一场雪

去年冬天以后
我就销声匿迹
隐藏在无人区里
悄悄地酝酿着一场雪
一场铺天盖地的大雪
补偿你的遗憾
没有雪的冬天是苍白的
没有冬天的人生是荒凉的
毕竟在这个世界上
最有资格代表冬天的
只有雪

征 服

曾经,爬过无数的山
无数次站在峰顶
如今,那些山仍在那里
我却只能坐在门口
再也无力走出这个小院

曾经,以征服为傲
梦想登上所有山顶
如今回首,总觉得幼稚
当我迈出第一步时,全然不觉
自己已成了被征服的对象

人们总是沦陷在自己的执念里
心甘情愿被驱使

遇见一个人,托付所有

我走的路
先辈们曾经走过
并留下了各式标记
我只是当作风景
从来没有仔细思考过
那些草,那些树
还有那些石头,那些河流
有什么特别的含义
曲或直,高或低
我都习惯了重蹈覆辙
我和先辈们一样
日出而作,日落而息
看着田里的那些果子
一天天丰满,又一天天憔悴
收获黎明,也收获晚霞
我喜欢这片土地
从它身上获取生存的食物
这片土地埋葬了我
从我身上获取肥腴的营养

冬天的河流

　　一片树叶掉落
　　来年又会长出新的叶子
　　一条路荒芜了
　　只会继续长满野草
　　我想走得更远，不是为了远方
　　只是为了遇见一个人，托付所有

第六辑 因为有你，我始终有所期待

我一直都在路上，居无定所

万物都有自己的位置
日月在天空，江河在大地
鱼在水里，字在书里
石狮子蹲在门口

万事都有自己的位置
未来在过去，希望在痛苦
生在死里，得在舍里
人生在岁月的缝隙

每个黎明和黄昏
从一个地方到另一个地方
我总在苦苦寻觅
适合自己的一席之地

雨在空中，鸟在巢里
总有一个时刻
世界会把最好的位置
留给它们相遇

我一直都在路上,居无定所
或许,成为一段风景
留在你的记忆深处
哪怕一时一隅,也不枉此生

在彼此的仰望中找到自己

一座山,将天空分成两半
一半是山前,一半是山后
一条河,将旷野分成两半
一半是河东,一半是河西
一条路,将村庄分成两半
一半是村南,一半是村北
一次遇见,将情感分成两半
一半是欣喜,一半是悲戚
一段过往,将人分成两半
一半是熟悉,一半是陌生
一个夜晚,将时间分成两半
一半是过去,一半是将来
而我,则将生死分成两半
一半是身前,一半是身后

这个世界太执着
容不得一次回眸
这个世界太脆弱
经不起一滴眼泪

冬天的河流

分成一半和另一半
不是分道扬镳，互不往来
更不是对忠诚的背叛
而是为了在孤单中
体会珍惜和思念的价值
在彼此仰望中
更好地找到自己，看清自己

志同道合

有风吹过
我看到了花的舞蹈
你看到了叶的颤抖
或许,这是我俩的差别
从黎明到黄昏
我俩一直在路上
所遇见的风景
感受总是大相径庭
我习惯从一面看
你喜欢从另一面看
所谓的志同道合
或许大抵如此
互相补充,彼此照应

种　子

这个秋天
我只收获一株麦穗
如果把它作为种子
明年就可以收获一捧麦子
一直这样下去，过不了几年
我就会拥有一大片田野
那时，我会把自己像种子一样埋进土里
守着这片田野
像我的祖辈一样

这个世界，本来就是普通人的世界

我是一朵普通的花
因为开在冬天
受到了更多的赞美
我是一棵普通的草
因为长在戈壁
更加彰显生命的顽强
这个世界，繁华或荒凉
本来就是普通人的世界
或冬天，或戈壁
都没有特别的意义
因为普通，所以长远
像脚下的大地
生生不息

找一个清净的地方,逐花而居

花园总有花开,总有人来
即使步履蹒跚,我依然渴望
看阳光自由进入林间
看花儿淡然绽放或凋零
日月经天,江河行地
不是刻意选择
却成为至死不渝的信仰
我习惯了作为过客
世界却从未将我视为路人
一直梦想着,羽化成蝶
找一个清净的地方,逐花而居
殊不知世界现在这个样子
远或近,繁华或荒芜
都是我热爱的结果

调整镜头

我看见你在马路对面
当我绕过前面的路口
到达那个位置时
你已消失在路的深处
许多事情难以释怀
交给时间去证明
是我最无奈、最无力的理由
留在过去的,或许更青涩
留给未来的,或许更苍老
时间不会停留,有了距离
才有渴望、承诺、思念
一次次跋山涉水
所有的遇见或者错过
只是为了调整镜头
让我更清楚地看见你

你将会和它们一样

如果，如果你喜欢雪
请不要站在窗前
也不要惧怕寒冷
你只要找一块空地
什么也不做，只是站在那里
那是雪的世界，那些雪
会从四面八方奔向你
像恋人一般，依偎在你身上
你将会和它们一样
一身洁白，从此
你去哪，它们去哪
即使融化了、消失了
依旧和你，不离不弃

路边的花不再是昨日的花

我一直等在那个路口
看着北来的许多人，没一个是你
这些人讲着北边的故事
林海的涛声，冰冻的河流
苍茫的原野，还有漫天的飞雪
没有一个提到你的消息
或许我已错过，或许你还没出发
路边的花不再是昨日的花
今年的春天也不再是往年的春天
曾经的诺言，在经历万千山水后
早已失去了先前的光泽
如同我身边这将枯未枯的树
一身褴褛，满面尘垢
依然执着地站着
等那风来，等那雨来

另一种方式

我没有哭

只是止不住流泪

纵有一万个理由

秋天的最后一片叶子

还是离开了枝头

这是意料之中的事

我们依旧一往情深

你苦苦守着那棵树

我苦苦守着你

每片叶子，都有自己的归宿

从此以后，我们在不同的世界

以另一种方式，彼此陪伴

一起守着这片土地

一起等待来年

以另一种方式，再次重逢

淋 雨

雨停了
浑身也湿透了
这些雨水,像皮肤一样
把我紧紧地包裹起来
我张开所有的毛孔
把它们吸进我的体内
喜欢雨,只是因为
曾经和你一起
在雨中走过

两个人的世界

在我的书房里，有两把椅子
一把是木头的，另一把也是木头的
它们隔着一张书桌，互相照应
一把椅子我常坐着
另一把椅子常空着
万籁俱寂时，我总是恍惚
觉得对面坐着一个人
仿佛离得很近
近到我能够听到他的呼吸
甚至能感觉到他的体温
又仿佛离得很远
远到我只能看到他模糊的身影
那个身影既陌生又熟悉
我们之间隔着空气
隔着千百年的云和月
早些时候，我偶尔会坐到那个位置
只是从未找到感觉
后来却再也没有勇气
敬仰需要一定的距离

思想盛开需要足够的空间

面对那些只可意会、不可言传的领悟

隔着一张桌子,不远不近

彼此感受,或彼此沉默

或许恰到好处